Elisabeth Schwachulla

Bad Bitches

Elisabeth Schwachulla

Bad Bitches

Grimms Märchen logischer erzählt

Inhalt

Vorwort

Eine Geschichte kann aus unterschiedlichen Perspektiven wie grundverschiedene Geschichten wirken. Insbesondere wenn ein Konflikt vorliegt, kommt es vor, dass jeweils die erzählende Person die Heldenrolle erhält, während der anderen Person die Rolle des Bösewichts zufällt. Mit diesem Wissen habe ich über eine Handvoll Märchen der Gebrüder Grimm nachgedacht und bin auf folgende Idee gestoßen: Zu jener Zeit, in welcher die Märchen erzählt und gesammelt wurden, waren Frauen noch das Eigentum ihrer Väter und Ehemänner. Es scheint kaum verwunderlich, dass die Bösewichte vieler Geschichten in Form unabhängiger und willensstarker Frauen auftreten. Die positiv konnotierte Figur, die Prinzessin, ist zumeist passiv und folgsam. Ihr stößt etwas zu, sie handelt kaum und entspricht damit dem Idealbild ihrer Zeit. Ich begann also mit der Vorstellung zu arbeiten, dass die bekannten Hausmärchen eine Version der Abläufe wiedergeben, welche die starke Frau bewusst willkürlich und grausam erscheinen lässt. So fragte ich mich: Wie müsste die Geschichte erzählt werden, um die Beweggründe der „bösen Frau" verständlich und nachvollziehbar zu machen? Welche Umstände müssten die Erzählenden verschleiern, verzerren oder verheimlichen, um zur grimmschen schwarz-weißen Version zu gelangen? Es war dabei nicht meine Absicht, die Bösewichte jener Märchen als Heldinnen darzustellen und die Logik somit einfach umzudrehen.

Ich wollte vielmehr darauf aufmerksam machen, dass die Welt – und bei genauerem Hinsehen auch ein Märchen – eben nicht schwarz-weiß, also eindeutig gut und böse beschaffen ist. Denn im Rahmen meiner Beschäftigung mit diesen fiel mir auf, wie viel Spielraum tatsächlich gelassen wurde, um die Geschichte der „bösen Frau" jeweils zu erzählen. Es scheint, als hätte sich die Erzähl-Stimme ausschließlich mit dem Schicksal der Heldinnen beschäftigt und das Handeln aller weiteren Figuren lediglich anhand ihrer Erfahrungen mit jenen interpretiert.

Ich habe mit den folgenden Geschichten Frauen ans Licht geholt, welche zwischen den Zeilen verborgen bereits existierten.

Starke, unbeugsame Frauen, welche ihren unerwünschten Willen durchsetzen und auf ihr Recht beharren. Frauen, die damals bereits und vielleicht heute immer noch zu Unrecht verteufelt werden.

Maries zerstörter Traum

Es war einmal ein kleines Mädchen und das hieß Marie. Marie hatte einen Traum: Sie wollte ein selbstbestimmtes Leben führen. An ihrer Mutter sah sie, was die Gesellschaft für gewöhnlich aus Frauen machte: Sklavinnen ihrer Ehemänner, Dienstmädchen ihrer Kinder und Mägde für die Öffentlichkeit – Arbeitsbienen ohne Rechte, ohne Wertschätzung. Natürlich konnte man vom Schicksal gesegnet und mit einem liebevollen Mann verheiratet sein. Doch wahrscheinlicher schien es, an jemanden zu geraten, der mit eben jener Vorstellung aufgezogen worden war, dass Frauen im Dienste der Männer zu stehen hatten, dass ihre Gedanken und Gefühle irrelevant seien. Maries Vater erwartete viel von ihrer Mutter: Hausarbeit, Kindererziehung, Verlässlichkeit und insbesondere, seine Launen und Abwesenheiten klaglos hinzunehmen. Immer sollte alles sauber und ordentlich sein, dabei nicht zu dekorativ oder in seinen Worten „weibisch". Immer sollte ein leckeres Essen auf dem Tisch stehen wenn er nachhause kam, während die vier Kinder gewaschen und artig darauf warteten, dass er sie bemerkte. Immer sollte seine Frau herausgeputzt sein, auch wenn er es bevorzugte, sie zu schlagen anstatt sie zu küssen. Sie sollte ihm alles geben, was er verlangte und nichts nehmen wollen. Sollte an sich haben, was ihn verführte und nicht mehr – insbesondere keine eigene Meinung. Marie wollte diese Zukunft nicht. Ein Haus in Ordnung halten gerne, doch nicht für einen herzlosen Mann ohne Wertschätzung für ihre Arbeit. Auch Kinder wollte sie lieber keine – zu gerne gab sie sich ihren eigenen Gedanken hin oder streifte durch die Natur. Der nahegelegene Wald hatte es ihr besonders angetan und so lief sie auch genau dort hin, als ihr Vater verkündete, sie nicht länger durchfüttern zu können und verheiraten zu müssen. Der Wald gab Marie viel von dem, was sie zum Leben brauchte: Kräuter, Beeren und Pilze sowie eine Lichtung, auf der sie zu bleiben gedachte. Von ihrer Mutter hatte sie gelernt, wie man Felder anlegt und einen Holzofen baut. Das mitgebrachte Saatgut gab ihr schnell wonach sie verlangte und von ihr geflochtene Körbe brachten auf dem Wochenmarkt das nötige Geld, um die restlichen Zutaten zu besorgen. Marie wollte Lebkuchen backen. Schon immer liebte sie Lebkuchen. So sehr, dass sie die von ihrer Mutter gebackenen manchmal aufhob, bis diese steinhart und ungenießbar geworden waren. So war ihr auch die Idee gekommen, ein Haus ganz aus jenem köstlichen Gebäck zu konstruieren. Steine konnte sie weder besorgen noch schleppen, doch Lebkuchen zu backen hatte sie früh gelernt. So süß wie das Glück sollte ihr Haus sein. So persönlich, dass es ausstrahlte, was sie anstrebte: Freiheit, Selbstbestimmtheit, ein Leben nach ihrem eigenen Gutdünken. Es dauerte lange, die Unmengen an Teig zu kneten, die Lebkuchen zu backen, mit geschälten Mandeln zu verzieren und ein kleines Häuschen daraus zu bauen. Doch als es endlich fertig gestellt war, konnte sie glücklicher nicht sein. Es war so wunderschön und gemütlich! „Weibisch" hätte ihr Vater gesagt und sie liebte es. Ihr Herzblut war hineingeflossen, ihre Zeit, ihre Arbeitskraft und Mühe. Nun hatte sie etwas eigenes, etwas, das ihr Sicherheit und Gemütlichkeit schenkte, das ihr niemand wegnehmen konnte. So lebte sie erfüllt und zufrieden, sammelte Pilze, Kräuter und Beeren, bestellte ihren Gemüseacker, putzte ihr Häuschen, buk Brot und Kuchen, genoss ihr Leben in vollen Zügen.

Eines Tages saß sie so da und strickte, ein köstlicher Eintopf köchelte auf dem Herd und Vögel zwitscherten vor ihrem Fenster. Plötzlich hörte sie ein knarzendes Geräusch, ein Knurpsen und Knirschen. „Knusper knusper knäuschen", murmelte Marie, „wer knabbert an meinem Häuschen?" Eigentlich hatte sie lediglich zu sich selbst gesprochen, verwundert über die Störung. Doch „der Wind, der Wind", ertönte es da, „das himmlische Kind". Merkwürdig. Sie wiederholte, was sie soeben gesagt hatte und erhielt dieselbe Antwort. Dann erneut. Marie war jedoch nicht auf den Kopf gefallen, kannte außerdem den Wind, welcher noch nie in Worten zu ihr gesprochen hatte. So stapfte sie aus ihrem Häuschen, um der Sache auf den Grund zu gehen. Was sich ihren Augen bot, war eine unfassbare Unverschämtheit. Zwei verdreckte Kinder, ein Junge und ein Mädchen, hatten große Stücke ihres Daches abgebrochen und kauten genüsslich darauf herum. Selbst eine der wertvollen Fensterscheiben aus Zucker hatten sie einfach herausgeschlagen um daran zu lutschen. Wo gab es denn so etwas? Marie hatte kein Problem mit Kindern, hätte sie gerne herein gebeten und ihnen jede Menge Eintopf aufgetischt, Kuchen und Bonbons als Nachspeise angeboten. Doch dieser Rasselbande war es nicht eingefallen, an ihre Tür zu klopfen und freundlich nach Essen zu fragen. Nein. Sie zerstörten ihr mühevoll hergestelltes Haus und logen dabei auch noch dreist. Marie wurde sehr wütend. Fast hätte sie angesichts dieser grausamen Tat geweint. Doch das Gefühl von Entsetzen und Hilflosigkeit hielt nicht lange an. Sie holte die Kinder vom Dach und bewirtete sie als sei nichts geschehen. Unterdessen feilte sie an einem Plan, um ihnen begreiflich zu machen, wie unerhört dieses Verhalten war. Sie begann damit, ihre Geschichte zu erzählen. Wie wichtig ihr dieses Häuschen war und wie traurig sie dessen Zerstörung machte. Doch anstelle einer Entschuldigung erhielt sie unverschämte Antworten. „Wenn du nicht willst, dass jemand dein Haus isst, dann mach es halt nicht aus essbarem Material", plärrte der Junge, „lass es halt nicht so im Wald herumstehen wo jeder es essen KANN." Und das Mädchen meinte nur schnippisch: „Selber Schuld, dass du keinen Mann willst, der dein Haus beschützen würde." Nun gut. Diese Kinder mussten lernen, dass es Grenzen gab. Dass man nicht tun und lassen konnte, was man wollte – nur weil es rein physisch möglich war. Sie sollten die Ignoranz ihrer Ansichten begreifen und zu spüren bekommen, welche Konsequenz diese für die Welt haben könnten. In aller Seelenruhe stand Marie auf, packte den Jungen und sperrte ihn in ihren Hühnerstall. „Ich werde dich essen", verkündete sie, „weil ich es kann." Da war das Geheule groß, doch zwecklos. „Wenn du nicht willst, dass man dich isst, solltest du dich nicht im Wald aufhalten, wo ich dich essen KANN", meinte Marie, „dann solltest du eben nicht aus essbarem Material gemacht sein." Das Mädchen verdonnerte sie zur Hausarbeit. Ließ es putzen, kochen, Wäsche im eisigen Fluss waschen und den Stall ausmisten. All das, ohne sie eines Blickes zu würdigen, ohne je „bitte" und „danke" zu sagen. „So fühlt es sich an, wenn man einen Mann hat", meinte sie. „Selber Schuld, dass du das gut findest." Dieses Szenario wollte Marie so lange aufrecht erhalten, bis die Kinder ihren Fehler einsahen, bis sie sich entschuldigten. Doch nichts geschah. Daher tat sie so, als wolle sie den Jungen nun tatsächlich schlachten und essen. Leider hatten die kleinen Satansbraten noch immer nichts begriffen, hielten sie für eine böse Hexe und waren sich zwar durchaus einig, dass Marie den Jungen nicht essen durfte – zeigten jedoch keine Einsicht in Bezug auf das Eigentum, das Herzensprojekt anderer, das Lebkuchenhaus. In ihrer Verzweiflung stieß das Mädchen Marie in den Ofen, welchen sie für die angebliche Zubereitung ihres Bruders anfeuern sollte. Stieß sie einfach hinein, um die Frau grausam zu verbrennen. Eine arme Frau, die nichts weiter gewollt hatte, als in Freiheit, selbstbestimmt und unbehelligt zu leben. Glücklicherweise hatte das Mädchen in seiner arbeitsamen Zeit jedoch nicht genug gelernt, um daran zu denken, auch den Riegel vorzuschieben. So krabbelte Marie sehr wütend, doch unversehrt wieder hinaus.

Die beiden Kinder aber flohen aus dem Wald um
weitere Schandtaten zu begehen und wenn sie
nicht gestorben sind, dann tun sie das hoffentlich
bald.

Melindas paranoide Stieftochter

Es war einmal eine Königin, die wünschte sich nichts sehnlicher als ein außergewöhnlich schönes Kind. Sie gebar ein Mädchen, dessen Haut so weiß war wie Schnee, dessen Haar so schwarz war wie Ebenholz und dessen Lippen so rot wie Blut. Bald darauf verstarb sie jedoch und das Kind namens Schneewittchen wuchs mit seiner Stiefmutter auf. Die Stiefmutter war eine junge, ebenfalls sehr schöne Frau mit Namen Melinda. Sie verbrachte viel Zeit vor dem Spiegel, um sich selbst ihr vorzügliches Aussehen zu bestätigen und freute sich, von der Last, eigene Kinder zu bekommen, entbunden zu sein. Eine Last jedoch stellte ihre Stieftochter dar, die wohl durch ihre Familiengeschichte unter einem ausgeprägten Ödipuskomplex litt und somit von Anfang an in einem starken Konkurrenzverhältnis zu Melinda stand. Ständig verglich sie sich mit ihr, war sie auch selbst noch ein kleines Mädchen, quetschte sich neben die Stiefmutter vor deren Spiegel und fragte „Was meinst du? Wer ist die schönste im ganzen Land?" Mit der Antwort, sie sei wohl das schönste Mädchen und Melinda die schönste Frau, gab sich Schneewittchen nicht zufrieden. In ihren Augen konnte es nur eine Schönste geben! Diese Vorstellung projizierte sie auch auf ihre Stiefmutter, insbesondere, als sie mit den Jahren heranwuchs und sich selbst zu einer jungen Frau entwickelte. Es konnte nur eine geben und das bedeutete im Umkehrschluss, dass die andere aus der Welt geschafft werden musste. Anstatt jedoch selbst ein derartiges Komplott zu planen, wurde Schneewittchen zunehmend paranoid, schlich im Schloss herum und ließ Melinda kaum aus den Augen. Wann würde diese versuchen, sie zu töten? Ihre Stiefmutter bekam von all dem nichts mit, nahm das Mädchen jedoch als Belastung wahr und wollte sie zumindest zeitweise nicht in der Nähe haben. So bat sie eines Tages den Jäger darum, sich des Mädchens anzunehmen und von ihm auf die Jagd begleiten zu lassen. Schneewittchen jedoch war in ihrer Wahnvorstellung gefangen, beseitigt werden zu müssen und floh aus Angst, erschossen zu werden in den Wald. Zwar versuchte der Jäger die Prinzessin zu finden – jedoch erfolglos. Schneewittchen war längst über alle Berge.

Natürlich war Melinda angesichts dieses Umstandes traurig und besorgt. Doch nachdem auch eine ausgiebige Suche nach dem Mädchen ohne jegliche Spur verlief, akzeptierte sie den Verlust und verspürte sogar ein wenig Erleichterung darüber, sich nicht mehr mit Schneewittchens psychischen Problemen befassen zu müssen.

Die Prinzessin indessen hatte bei einer Gruppe von sieben Minenarbeitern Unterschlupf gesucht und wurde mit Freuden aufgenommen. Dass die Männer sie wohl nur aufgrund ihrer Schönheit um sich haben wollten, störte Schneewittchen nicht im geringsten. Endlich bekam sie die oberflächliche Wertschätzung, nach der sie sich Zeit ihres Lebens gesehnt hatte. Auch, dass ihre Mitbewohner weitaus älter waren, machte ihr nichts aus. Hatte sich das Mädchen jene Bestätigung ihrer Schönheit ursprünglich vom eigenen Vater gewünscht, so standen ihr nun sieben geifernde Vaterfiguren zur Verfügung. Alles hätte wunderbar sein können, doch wurde Schneewittchen ihre Paranoia nicht los. Tagsüber, wenn sich ihre Mitbewohner in die Mine begeben hatten, verbrachte die junge Frau ängstliche Stunden allein im Haus. Nach wie vor projizierte sie die eigene Besessenheit auf ihre Stiefmutter und war besorgt, die Königin könne sie ausfindig machen und letztendlich doch noch töten. Eines Nachmittags kam eine alte Krämerin vorbei, um ihre Ware feil zu bieten. Darunter befand sich ein bunter Gürtel, der dem Mädchen sofort gefiel, weshalb sie ihn freudig erwarb und anprobierte. Schließlich wollte sie sich auch in aller Einsamkeit geschmückt und herausgeputzt wissen. Doch kaum hatte sie begonnen, sich einzuschnüren, kam Schneewittchen ein furchtbarer Gedanke: Was, wenn es sich bei der Alten in Wahrheit um Melinda handelte, die mithilfe des Gürtels ein Attentat versuchte? Vor Schreck zog sie diesen so stramm, dass er ihr die Luft abschnürte und die Prinzessin wie tot zu Boden fiel. Am Abend fanden die sieben Männer ihre Freundin bewusstlos vor und konnten kein Lebenszeichen erkennen, bis einer von ihnen den Gürtel lockerte und das Mädchen plötzlich Atem holte. Entkräftet und ängstlich berichtete sie von ihrer Begegnung mit der Krämerin, überzeugt davon, dass diese ihre verkleidete Stiefmutter sei. „Aber Kind, du würdest die Königin doch wohl erkennen, käme sie zu dir. Und wie sollte sie dich hier ausfindig gemacht haben?", zweifelten die sieben Männer.

Doch Schneewittchen ließ sich von ihrer Position nicht abbringen. „So lass einfach niemanden ein", schlug einer der Minenarbeiter vor, „dann bist du im Häuschen sicher."
Die Zeit verging und eines Tages kam erneut eine alte Krämerin vorbei, um ihre Waren anzubieten. Aus Angst ließ die junge Frau niemanden ins Haus, warf jedoch einen neugierigen Blick auf das Sortiment der Alten, das ihrer Eitelkeit zugute zu kommen versprach, und kaufte ihr einen Kamm ab. Kaum wollte Schneewittchen diesen ausprobieren, trat jedoch erneut ihre Paranoia zu Tage. Könnte der Kamm vergiftet sein, den sie sich ins schwarze Haar schob? Panisch wollte sie ihn entfernen, doch sie stach sich durch ihre hektischen Bewegungen die spitzen Zinken in die Kopfhaut und riss ziepend an ihren Locken. Der Schmerz, der sie durchfuhr, musste durch besagtes Gift hervorgerufen worden sein! In Todesangst sank das Mädchen zu Boden und verlor erneut das Bewusstsein. So fanden sie die Männer am Abend liegen und konnten sie erst durch das Entfernen des Kammes wecken. Schneewittchen weigerte sich, jegliche logische Erklärung für ihre Ohnmacht zu akzeptieren. Sie war die Schönste im ganzen Land, eine Gefahr für jede andere Frau und ihr Verfolgungswahn begründet. „So reicht es wohl nicht, niemanden ins Haus zu lassen, mein Mädchen", sagten die alten Männer, „nimm von Fremden überdies keine Sachen an."
Schneewittchen wollte sich wohl daran halten, doch als eines Tages eine Bäuerin vorbeikam, lugte sie doch durch das Fenster hinaus. Als die Frau das

schöne Kind sah, wollte sie ihm einen Apfel schenken. „Ich darf nichts annehmen“, meinte die Prinzessin, „ich fürchte mich zu sehr.“ Unbeirrt schnitt die Bäuerin den Apfel in zwei Hälften, gab Schneewittchen die eine und verzehrte die andere selbst. „Sieh her“, sagte sie, „du kannst ganz unbesorgt davon essen.“ Doch sobald das Mädchen in den Apfel gebissen hatte, packte es erneut die Furcht. Beim Teilen der Frucht musste es sich um einen Trick gehandelt haben! Vergiftet sei lediglich die Hälfte, welche Schneewittchen entgegennahm. Vor Schreck verschluckte sie sich an dem Apfel, sodass ihr der Bissen im Hals stecken blieb und sie danieder fiel. So fanden sie abends die alten Minenarbeiter und da sie diesmal keinen Grund für ihren Zustand entdecken konnten, hielten sie die Prinzessin für tot. Sie sah jedoch noch so schön und frisch aus, dass sie es nicht übers Herz brachten, Schneewittchen zu beerdigen – hatten sie die junge Frau doch von jeher aufgrund ihres Aussehens geliebt. Sie ließen daher einen gläsernen Sarg anfertigen, in dem sie das Mädchen aufbahrten und täglich betrachteten.
Eines Tages aber ritt ein Königssohn vorbei und bemerkte die Prinzessin. Ihr Zustand änderte nichts daran, dass ihre Schönheit ihn betörte. Da er gewohnt war, immer zu bekommen, was er wollte, erstand der Prinz nun auch den gläsernen Sarg mitsamt Inhalt und ließ ihn auf sein Schloss schaffen. Unterwegs jedoch stolperte einer der Männer, welche die leblose Braut des Königssohns trugen. Durch die Erschütterung flog dem Mädchen das Apfelstück aus dem Hals, das so

lange ihre Atmung verhindert hatte und wie durch ein Wunder schreckte Schneewittchen auf. „Wo bin ich?“, fragte sie verwundert. Der Prinz entgegnete: „Du bist bei mir.“ Mit dieser Erklärung gab sie sich gerne zufrieden, denn sie war nur aufgrund ihres Aussehens in die Hände dieses Mannes gelangt und hatte durch seine Wahl genau die Bestätigung erhalten, nach der sie sich Zeit ihres Lebens sehnte. Sie war offensichtlich die Schönste im ganzen Land, da der Prinz keine andere Frau auf sein Schloss schaffen ließ – nicht einmal eine lebendige. Sie war zwar nach wie vor paranoid, doch wurde sie nun Tag und Nacht von der Palastwache beschützt.

Und als Schneewittchen eine Tochter gebar, die sie an Schönheit zu übertreffen drohte, ließ sie diese ganz einfach hinrichten.

Frau Gothels Bemühen ein Kind zu retten

Es war einmal ein Ehepaar, das ein Kind erwartete. Während die Frau eine eher schwierige Schwangerschaft durchlebte und das Haus kaum verließ, bemühte sich der Mann, ihr diese Zeit möglichst angenehm zu gestalten und ihr jeglichen Wunsch zu erfüllen. Von ihrem Fenster aus konnte die werdende Mutter in einen benachbarten Garten blicken. Anstatt sich jedoch lediglich an ihrer Aussicht auf Blumen- und Gemüsebeete zu erfreuen, wuchs in ihr ein unbändiger Appetit auf Feldsalat, welchen ihre Nachbarin ausgesät hatte und liebevoll pflegte. Der Mann versuchte, allen Gelüsten seiner Gattin nachzukommen, brachte ihr Salate und selbst jene, auch Rapunzel genannte, Sorte. Doch die Frau war damit nicht zufrieden zu stellen. Ihre Sehnsucht bezog sich auf genau jene Pflänzchen, welche sie vom Fenster aus erblicken konnte. So wusste sich ihr Mann nicht anders zu helfen, als heimlich über die Mauern in den fremden Garten zu klettern und ein paar der gewünschten Blättchen zu stehlen. Obwohl Frau Gothel, die Nachbarin, sofort bemerkte, dass sich ihre Salatpflanzen über Nacht dezimiert hatten, unternahm sie zunächst nichts. Schließlich war ihr unbekannt, wie sich die ökonomische Lage des Ehepaars gestaltete und so wollte sie Nachsicht walten lassen. Doch wie die Zeit verging, beobachtete sie das Treiben des werdenden Vaters, der beständig neue Köstlichkeiten nachhause brachte – bemüht, den Appetit seiner Frau auf andere Weise zu befriedigen. Dieses Vorhaben gelang ihm jedoch nicht, weshalb er wieder und wieder über die hohen Mauern in Frau Gothels Garten steigen musste, um mit mehr und mehr Feldsalat zu seiner Frau zurückzukehren. Die Geduld der Nachbarin war indessen erschöpft. So gab diese eines Tages ihren Beobachtungsposten auf, um den Mann zu verwarnen. „Stiehl mir noch einmal meine kostbaren Rapunzeln", sagte sie, „und ich nehme dir im Gegenzug das Kostbarste, das du besitzt: Dein ungeborenes Kind." Der Mann erschrakt, doch konnte sich auf Dauer gegenüber seiner Frau nicht durchsetzen. „Wenn ich dir noch einmal Frau Gothels Salat bringe, wird sie uns unser Kind wegnehmen!", klagte er – doch seine Frau ließ sich davon nicht abschrecken. Wichtiger als der Erhalt ihrer Familie schien ihr die Befriedigung des Heißhungers zu sein. So beugte sich der Mann wohl oder übel den zornigen Forderungen seiner Frau und kletterte erneut über die hohen Mauern. Dort erwartete ihn Frau Gothel, entsetzt über die Wirkungslosigkeit ihrer schrecklichen Drohung. Mitleidig ließ sie den geknechteten Mann mitsamt ihrer Pflänzchen zurückkehren und bald darauf, als ihm ein kleines Töchterchen geboren wurde, setzte sie ihre Ankündigung in die Tat um. Sie holte das Kind zu sich, welches sie von der Frau unbeachtet weinend und mit schmutzigen Windeln in einer düsteren Ecke des Hauses fand. „Was für furchtbare Eltern du hast", murmelte sie dem schutzlosen Säugling zu, „deine Mutter schert sich keinen Deut um dich und dein Vater ist zu schwach, um sich ihr zu widersetzen. Wer weiß, was dir in diesem Haus sonst noch zugestoßen wäre – bei mir wirst du es gut haben und sicher sein."

Die Jahre vergingen. Jahre, in denen Frau Gothel sich um das junge Mädchen, welches sie Rapunzel getauft hatte, kümmerte, als sei es ihr eigenes Kind. Sie liebte es von ganzem Herzen und sorgte sich Tag und Nacht. Wie oft war ihr Nachbar über die hohen steinernen Mauern ihres Gartens geklettert, um die Gelüste seiner Frau zu befriedigen? Gelüste, welche weder von Moral noch von Recht begrenzt wurden? Und kein Hindernis, keine Strafe schienen Rapunzels Vater zu groß, um den Wünschen seiner Frau Folge zu leisten. Wie damals die Salatpflanzen, so wähnte Frau Gothel nun auch ihr Töchterchen in Gefahr, einfach aus einer Laune heraus gestohlen zu werden. „Ich muss mein Kind in Sicherheit bringen", dachte sie. „Wir müssen so wohnen, dass nicht einmal sein Vater zu uns klettern und es mitnehmen kann." So zog sie mit Rapunzel in einen hohen Turm. So hoch, dass ihn ein Mensch unmöglich erklimmen konnte. Um die Gefahr eines Einbruchs zu verringern, ließ Frau Gothel zudem keine Leiter anfertigen, sondern sich von Rapunzels inzwischen ellenlangen Haaren nach oben in die Turmstube ziehen oder herunter lassen. So lebten sie glücklich und zufrieden, bis eines Tages ein fremder Mann vorbeiritt, als Frau Gothel gerade ausgegangen war. Dieser war ein Prinz und wurde von Rapunzels lieblichem Gesang angelockt, der weit übers Land aus dem Turmfenster scholl. Verzaubert von jener süßen Stimme, beobachtete er das hohe Gebäude über längere Zeit und erlernte so den Satz, welchen Frau Gothel als Signal rief, um von Rapunzel erkannt zu werden. „Rapunzel, Rapunzel, lass dein Haar herunter!" rief auch er so eines Tages, als er das Mädchen alleine wusste. Die junge Frau dachte sich nichts dabei, als sie den Prinzen in ihre Stube zog. Schließlich hatte dieser den Spruch gekannt und sich somit als berechtigt ausgewiesen. Es entwickelte sich eine Liebschaft zwischen den beiden, welche jedoch nicht lange unbemerkt blieb. Als ihre Ziehmutter dahinter kam, dass Rapunzel neben ihr noch andere Menschen ins Innere des Turmes ließ, war sie außer sich vor Zorn und Sorge. All ihre Mühen, das Mädchen vor seiner Familie zu schützen, waren umsonst gewesen. Auch in ihrer vermeintlichen Isolation könnte Rapunzel jeden Moment gestohlen werden. Es lohnte sich nicht mehr, dem Kind alle Vorzüge und Freiheiten der großen, weiten Welt vorzuenthalten. Schließlich schien dieses in Gefangenschaft nicht sicherer vor sämtlichen Gefahren zu sein.

„Geh!", sagte Frau Gothel zu ihrer geliebten Tochter. „Geh hinaus und lebe dein Leben." Rapunzel das lange Haar abzuschneiden, erfüllte mehrere Zwecke. Zum Einen gestaltete es sich außerhalb des Turmes schwierig, beständig eine lange Schleppe aus seidigen Locken hinter sich her zu ziehen. Diese wären darüber hinaus bald schmutzig und verfilzt, erregten zudem sicher ungewollte Aufmerksamkeit. Zum Anderen wollte Frau Gothel ihr Kind in guten Händen wissen und holte den ahnungslosen Prinzen mithilfe der abgeschnittenen Zöpfe zu sich in die Turmstube.

Dort hielt sie ihm eine Standpauke und mahnte den jungen Mann, Rapunzel auf Händen zu tragen sowie vor allen Gefahren zu beschützen. Dieser verletzte zwar beim hastigen Aufbruch aus dem Turm seine Augen, doch erholte sich schnell in den liebenden Armen seiner zukünftigen Frau. Rapunzel und der Prinz heirateten, gründeten eine Familie und lebten glücklich bis an ihr Lebensende.

Frau Gothel allerdings zweifelte manchmal an ihrer Entscheidung, das Kind über seine Geschichte im Unklaren gelassen zu haben. Schließlich erfuhr Rapunzel so nie, welche Beweggründe die besorgte Frau für ihr Verhalten gehabt hatte. Doch dann wiederum besann sie sich auf das Wesentliche. Sie hatte ein schutzloses Wesen vor der grausamen Willkür seiner Eltern gerettet, hatte es geliebt und wie ihr eigenes Kind großgezogen, hatte getan, was in ihrer Macht stand, um Rapunzel zu beschützen. Sie hatte, vielleicht, alles richtig gemacht.

Letizias Vorstellung von Anstand

Es war einmal ein Mädchen, das von Mutter und Vater sehr wohl erzogen wurde. Ihr Name war Letizia. Da sie aus gutem Hause stammte, wurde ihr früh beigebracht, soziale Gepflogenheiten und einen höflichen Umgang sowohl zu schätzen als auch an den Tag zu legen. Die Netiquette ging ihr in Fleisch und Blut über, sodass Letizia zu einer manierlichen Frau heranwuchs und sich in den besten Kreisen bewegte. Wie einige ihrer Freundinnen war die junge Dame mit besonderen Fähigkeiten gesegnet, die sie die große Kunst der Magie erlernen und ausüben ließen. So wurde sie im ganzen Land geachtet und geschätzt. Zu ihrem Freundeskreis gehörte auch ein junges Königspaar, das sein erstes Kind erwartete und nach dessen Geburt zur großen Tauffeier einladen ließ. Ausnahmslos alle wurden eingeladen – abgesehen von Letizia. Sie erfuhr, dass sämtliche ihrer Freundinnen zu Ehrengästen ernannt worden waren. Diese sollten von goldenen Tellern speisen und Segenswünsche für das Königskind sprechen dürfen. Auf ihre erstaunten Fragen hin erfuhr die junge Frau, dass das Königspaar sie aus einem bestimmten Grund nicht eingeladen hatte: Es gäbe lediglich 12 goldene Teller und Letizia wäre der 13. Ehrengast. Welch scheinheiliger, nichtiger Grund! Wie jede ihrer Freundinnen hätte Letizia hunderte von Tellern verzaubern können, sodass diese innerhalb von Minuten zu Gold würden. Bis zur Taufe des Kindes war noch tagelang Zeit und dessen Eltern wohl zu schamlos um sich einen

besseren Vorwand auszudenken. Nahmen gar die Schmach in Kauf, wohl lediglich 12 goldene Teller besitzen oder besorgen zu können. Welch ein erbärmliches Königreich! Letizia war wütend. Nicht nur, dass sie beim besten Willen nicht verstehen konnte, wieso man auf ihre sittsame und umgängliche Art so dringend verzichten wollte, nein. Die fehlende Einladung zur Feier bei gleichzeitiger Ehrung all ihrer Freundinnen war eine bodenlose Frechheit und unverschämte Respektlosigkeit. Natürlich sann die junge Frau auf Rache. Dieses Verhalten wollte sie nicht akzeptieren. Wie konnte alle Welt zulassen, dass dieses feige Königspaar sich für seine vorgebliche Großzügigkeit feiern ließ, während sie selbst aus einem nichtigen Grund und ohne Rückgrat ausgeladen worden war? Letizia beschloss, trotz allem bei der Tauffeier aufzutauchen, um den jungen Eltern Manieren beizubringen. Wie sollte es um ein Königreich stehen, dessen Herrscher nicht einmal die Grundzüge der Höflichkeit beherrschten?
Ihre Freundinnen waren gerade dabei, liebevolle Segnungen für das Kind zu sprechen, als sie durch die Tür zum Festsaal trat. Entsetzen spiegelte sich auf den Gesichtern des Paares wider und auch die zwölf Frauen wirkten erschrocken. Letizia kochte vor Kränkung und Wut. Ohne Grußworte oder Zeit zu verlieren, schritt sie zur Wiege. „Ich wünsche", sprach sie ungerührt, „dass das Kind, auf welches ich hier blicke, sich im Alter von 15 Jahren an einer Spindel sticht und stirbt." Natürlich war dieser Fluch ungeheuerlich. So ungeheuerlich in

Letizias Augen, wie die ihr selbst entgegengebrachte Respektlosigkeit. Sollte jeder Mensch einfach tun, was in seiner Macht stand – ohne Rücksicht auf die Gefühle anderer? Das Königspaar hatte seine Macht als Gastgeber ausgenutzt – nun nutzte Letizia ihre Macht der Magie. Natürlich traf die junge Prinzessin keine Schuld und so wollte Letizia diese nicht wirklich verletzen. Lediglich eine Entschuldigung der Eltern und eine respektvolle Bitte um Rücknahme des Fluches erwartete sie – dann hätte das Paar gelernt, welch große Rolle Höflichkeit für den Frieden eines Königreiches spielte. Dieses jedoch rührte sich nicht.

Die letzte von Letizias Freundinnen hatte aber noch keine Wünsche gesprochen und so milderte sie den soeben verhängten Fluch ab. „Es soll kein Tod sein, den das Kind erleidet, sondern ein hundertjähriger Schlaf." Das heraufbeschworene Schicksal des Kindes ganz abzuwenden, war selbst bei ihren Fähigkeiten nicht möglich. Dem Wunsch einer anderen Fee zu widersprechen, konnte keine der Anwesenden leisten. So wählte die Freundin den einzigen Weg, dem Paar seine Hoffnung – wenn auch nicht sein Kind wiederzugeben. Denn was war ein hundertjähriger Schlaf wenn nicht ein hundertjähriger Tod? Letizia jedoch war aus demselben Grund zufrieden. Schließlich hatte sie verhindern wollen, dass jenes Königreich auch in nächster Generation von Rücksichtslosigkeit und Ignoranz beherrscht werden würde. Ein hundertjähriger Schlaf würde diesen Zweck erfüllen – das Kind musste nur in seinen ersten 15

Jahren unter dem Einfluss der ungehobelten Eltern stehen.

Und besagte Eltern lernten nicht aus ihren Fehlern. So ließ der König sämtliche Spindeln aus dem Königreich entfernen, als würde dies ein Unglück verhindern. Ebenso wie einen goldenen Teller konnte Letizia jedoch jederzeit so viele Spindeln auftreiben, wie sie wollte. Abgesehen von der bloßen Unterschätzung ihrer Fähigkeiten, zeugte dieses Verhalten erneut von Respektlosigkeit der jungen Frau gegenüber. Jeder vernünftige Mensch hätte ihre Beweggründe oder zumindest den Mechanismus von Flüchen durchschaut. Wäre zu ihr gekommen, um sich zu entschuldigen und Letizia um eine Rücknahme ihres Fluchs anzuflehen. So jedoch nicht dieses Königspaar, das seine weltliche Macht wohl nach wie vor höher schätzte als Manieren und Magie.

Die Zeit verging und das Königskind wuchs zu einem vorzüglichen Mädchen heran. Dank der elf Feen besaß die Prinzessin alle Tugenden und Eigenschaften, die man sich nur wünschen konnte. Dank der zwölften und dreizehnten Fee jedoch sollte sie nach wie vor ein tragisches Schicksal erleiden. Als der Tag gekommen war, an welchem das Mädchen ihr fünfzehntes Lebensjahr vollendete, befand sie sich alleine im Schloss. Die Eltern hatten ihr Kind zurückgelassen und damit erneut bewiesen, dass ihr Egoismus keine Grenzen kannte. So musste die Prinzessin ihren Geburtstag alleine verbringen und langweilte sich ungemein. Um sich die Zeit zu vertreiben, durchstöberte sie das gesamte Schloss und gelangte schließlich zu einem ihr unbekannten Turm. Als sie in die Turmstube trat, fand sie dort eine alte Frau sitzen, die ihren Flachs spann. Natürlich hatte das Mädchen in ihrem ganzen Leben noch keine Spindel erblickt. So berührte es diese voller Neugier, stach sich sofort in den Finger und fiel wie tot zu Boden. Der hundertjährige Schlaf erfasste jedoch das gesamte Schloss. Alle Lebewesen, die sich in seinen Mauern befanden, auch das soeben zurückgekehrte Königspaar, schliefen, wo sie gingen und standen. Über hundert Jahre wuchs eine Dornenhecke über das Gebäude, wobei beinahe alle vergaßen, was darunter lag. Letizia jedoch war sich dessen bewusst. Hundert Jahre lang würde das Königreich keine Regierung erfahren. Niemand musste mehr Steuern abgeben oder prunkvollen Veranstaltungen beiwohnen — alle Bürger lebten frei und unbekümmert, so auch Letizia. Sie gründete eine Schule für Mädchen, an welcher sie Adels- wie Bauerntöchtern sittsames und höfliches Verhalten lehrte. Dort wurde ihnen die Weisheit nahegelegt, dass jeder Mensch auf seine Mitmenschen angewiesen sei und daher auf diese Rücksicht nehmen sollte. Dass man die eigene Macht nicht aus egoistischen Gründen ausnutzen dürfe und seine Zeit darauf verwenden müsse, anderen ein angenehmes Leben zu bereiten. Als die hundert Jahre vergangen waren, befand sich niemand mehr im Königreich, der höfliche und respektvolle Umgangsformen nicht als das höchste Gut angesehen hätte. Generationen waren von Frauen erzogen worden, die an Letizias Schule genau dies gelehrt hatten. Und als die Bewohner des Schlosses aus ihrem Schlaf erwachten, scherte sich kein Mensch um sie. Das Königspaar wurde bis zu seinem Tod ignoriert, die Prinzessin aber regierte voller Güte und Achtung aller Lebewesen in ihrem Reich. Letizia war zufrieden. Sie hatte einem ganzen Königreich Manieren beigebracht.

Freyas schwieriger Erziehungsversuch

Einem reichen Mann wurde seine Frau krank und starb. Sie hatten aber eine junge Tochter und weil der Mann mit dieser nicht so recht umzugehen wusste, heiratete er bald darauf eine Frau namens Freya, welche zwei Töchter in ähnlichem Alter mit in die Ehe brachte. Sie, so dachte der Mann, könne sein eigenes Kind sicher gut erziehen. Doch das Mädchen hatte seine leibliche Mutter sehr geliebt und empfand die plötzliche Heirat ihres Vaters als große Respektlosigkeit. Anstatt sich der neuen Familienkonstruktion zu fügen, beschloss sie daher, so gut sie konnte, zu rebellieren. Würden sich die Erziehungsmethoden ihrer Stiefmutter als wirkungslos erweisen, so hätte ihr Vater keinen Grund mehr, die fremde Frau im Haus zu behalten. Ihre Stiefschwestern waren sehr manierlich und taten ihr Bestes, um das junge Mädchen in ihrer Mitte aufzunehmen. „Lasst uns alle in einem Zimmer schlafen!", schlugen sie vor, „Hei was wird das für ein Spaß!" - „Lieber schlafe ich auf dem Ofen", entgegnete unwirsch ihre neue Schwester, „einen Teufel werd' ich tun und so werden, wie ihr!" Auch bestand das Mädchen darauf, fortan „Aschenputtel" genannt zu werden. Sie wollte die schmutzigste Frau des Hauses sein, ungezogen und ungebührlich. Dann würde ihr Vater sehen, wie viel schlechter sich seine Tochter unter der Aufsicht seiner neuen Frau entwickelte. Dann würde er sie loswerden. Zwar beobachtete der reiche Mann das Verhalten seiner Tochter mit Sorge, wusste sich jedoch nicht zu helfen und

verstand aufgrund seiner wohlgeratenen Stief-
töchter überdies, dass Freya keine Schuld an
Aschenputtels Aufmüpfigkeit treffen konnte.

Aschenputtel bemühte sich sehr, sich so deutlich
wie möglich von ihrer Familie abzugrenzen. Sie
verrichtete alle schweren Aufgaben des Haushalts
– stets von einem Kommentar darüber begleitet,
wie viel lieber ihr diese Anstrengung sei, als die
Gesellschaft der anderen Frauen. Sie verbrachte
viel Zeit am Grab ihrer Mutter und klagte dort den
Tauben ihr Leid. Auf einem Baum, den sie am
Grab gepflanzt hatte, verbarg sie all ihre schönen
Kleider und Gegenstände, welche sie nach außen
hin nun so verachtete, in Wahrheit jedoch nach wie
vor wertschätzte. Die Zeit verging und
Aschenputtels Trotz zeigte keinen Erfolg. Ihre
Familie lebte zufrieden und versuchte unbeirrt, das
störrische Mädchen mit einzubeziehen.

So trug es sich zu, dass der Prinz zu einem Ball
einlud, bei welchem er eine Braut auszuwählen
gedachte. „Begleite uns doch wenigstens heute“,
baten die Stiefschwestern. „Du wirst es bereuen,
dir diese Gelegenheit entgehen zu lassen“, warnte
Freya. Doch Aschenputtel schüttete trotzig ein paar
Linsen in die Asche, in welcher sie kniete und
behauptete: „Selbst das Auslesen dieser Linsen
wird mir angenehmer und aufregender sein, als ein
Abend in eurer Gesellschaft!“ Enttäuscht und
entmutigt ließen die drei Frauen das Mädchen
daher zurück, um sich ohne es zu vergnügen.
Aschenputtel jedoch bereute tatsächlich, diese
Entscheidung getroffen zu haben. Wie lange hatte
sie kein schönes Kleid mehr getragen! Wann hatte

sie zuletzt getanzt und sich amüsiert? Sie beschloss, alleine zum Ball zu fahren, schlich zum Grab der Mutter, holte ein güldenes Kleid aus seinem Versteck in der Baumkrone und richtete sich fein her. Im Schloss des Prinzen trauten Mutter wie Töchter ihren Augen kaum. Die junge Frau, mit welcher der Prinz den ganzen Abend lang tanzte, war eindeutig ihr Aschenputtel! Hatte sie sich nicht all ihrer Kleider entledigt? Hatte sie nicht die edlen Kreise verspottet und die Einladung zum Ball ausgeschlagen? Aschenputtel schien sich nicht zu widersetzen und tatsächlich einen anderen Lebensstil zu pflegen – sie täuschte ihre Rebellion lediglich vor! Entrüstet wollte Freya ihre Ziehtochter zur Rede stellen, doch diese ergriff, als sie das zielstrebige Nahen der verhassten Frau bemerkte, überstürzt die Flucht. Der Prinz, im Unklaren über ihr hastiges Aufbrechen, eilte der Schönheit nach, welche er zur Braut nehmen wollte. Doch fand er auf der Palasttreppe lediglich ihren Schuh vor, den sie in der Eile verloren hatte. Da er weder Namen noch Herkunft Aschenputtels kannte, blieb ihm nur dies, um seine zukünftige Gemahlin ausfindig zu machen.

So begann der Königssohn gleich am nächsten Morgen im gesamten Reich nach einer Frau im heiratsfähigen Alter zu suchen, welcher der Schuh wie angegossen passte. Landauf landab probierten die Mädchen ihn an, doch allen war er zu klein. So kam der Prinz letztendlich auch zum Haus des reichen Mannes, wo Aschenputtel die Vorwürfe ihrer Stiefmutter abgewehrt und ihre Anwesenheit auf dem Ball geleugnet hatte. „Dieses Haus ist meine letzte Hoffnung", erklärte der Prinz. „Überall sonst bin ich gewesen und nirgends konnte ich die junge Dame finden, an die ich gestern mein Herz verloren habe." Trotz ihrer Wut wollte Freya einer jungen Liebe nicht im Wege stehen und Aschenputtel dazu überreden, den Schuh anzuziehen. Diese jedoch weigerte sich und versteckte sich in der Küche, lauschte aber dem Geschehen, als ihre Stiefschwestern den Schuh probierten. „Er ist zu klein", klagte die erste, „doch ach! Ich würde mir die Zehen abhacken, wenn ich nur mit dir kommen dürfte! Den ganzen Tag könnte ich feine Kleider tragen und bräuchte mich um nichts zu sorgen." - „Auch mir passt er nicht", meinte die zweite, „aber ach! Ich würde mir die Ferse abhacken, um alleine mit meinem Mann zu leben und Herrin über einen eigenen Haushalt zu sein!" Als Aschenputtel diese Worte hörte, wurde ihr die eigene Torheit bewusst. All jenes könnte Wirklichkeit für sie werden. Sie könnte der Anwesenheit ihrer Familie entkommen und endlich wieder das Leben einer edlen Dame führen – edler noch, als sie es je gewohnt gewesen war. So trat sie aus ihrem Versteck und bat darum, den Schuh antun zu dürfen, der natürlich wie angegossen passte. Überglücklich nahm der Prinz Aschenputtel zu sich aufs Schloss und zufrieden dachte diese, von ganz alleine auf die Lösung all ihrer Probleme gestoßen zu sein. Freya und ihre Töchter jedoch nahmen sich lächelnd in die Arme. Ihre Sanftmut und Geduld hatten sich letztendlich ausgezahlt. Der reiche Mann hatte das bekommen, was er sich von jeher gewünscht hatte – ein glückliches und

manierliches Leben für seine Tochter. Er, seine
Frau sowie ihre beiden Töchter lebten von nun an
voller Harmonie zusammen. Und wenn sie nicht
gestorben sind, dann schmunzeln sie noch heute.

Nachwort

Meiner Meinung nach sind die Märchen durch meine Darstellung tatsächlich logischer geworden. Die Beweggründe und Handlungen der ehemals bösen Frauen erscheinen – wenn auch oft nach wie vor fragwürdig – plötzlich weniger willkürlich als stringent. Ich habe mich bei meinen Erzählungen insofern streng an die Originalversion gehalten, als dass ich keine Veränderung der geschilderten „Tatsachen" vorgenommen habe – es sei denn, diese waren durch eine verzerrte Wahrnehmung der ehemaligen Heldinnen oder der Erzähl-Stimme erklärbar. Manche Frauen fügten sich so gut in meine Version der Geschichte ein, dass mir diese fast offensichtlich schien – andere traten in den Hintergrund und bestätigten so meine Annahme, nur in Form von Fremdwahrnehmung ihre Rolle als „böse Frau" zu verkörpern.

Mir ist durchaus bewusst, dass die von mir aufgegriffenen Märchen bereits vielfach interpretiert und analysiert wurden – meines Wissens nach jedoch nicht in Hinblick auf eine mögliche Nachvollziehbarkeit der „bösen" Handlungen. Gut und Böse ist eine Frage der Interpretation, des Blickwinkels und der Fähigkeit, sich in andere hinein zu versetzen. Ich habe versucht, die willensstarken Frauen, welche ich zwischen den Zeilen vermutet hatte, zum Vorschein zu bringen und hoffe, es ist mir gelungen, sie in ihrer alternativen Form zum Leben zu erwecken.